Le Mystère de

Prologue :

L'inspecteur Lefèvre, un homme marqué par les années de service et les enquêtes difficiles, se retrouve face à l'un des défis les plus redoutables de sa carrière. Dans la ville de Clairemont, un tueur en série rôde, laissant derrière lui une traînée de victimes et de mystères. Chaque crime est une énigme, chaque indice un pas de plus vers une vérité sombre et troublante. Lefèvre sait que cette traque ne sera pas facile. Le tueur est intelligent, calculateur, et semble toujours avoir une longueur d'avance. Mais l'inspecteur est déterminé. Il ne reculera devant rien pour mettre fin à cette série de meurtres et rendre justice aux victimes. Alors que les ombres de Clairemont s'épaississent, Lefèvre plonge dans une enquête qui le mènera aux confins de la folie humaine. Entre les secrets enfouis et les révélations macabres, il devra faire preuve de persévérance et de courage pour démasquer le tueur et mettre un terme à son règne de terreur.

Chapitre 1 : La Première Ombre

La nuit enveloppe la ville de Clairemont d'un silence pesant, interrompu seulement par le grésillement sporadique des réverbères vieillissants. Les rues désertes semblent retenir leur souffle, anticipant l'inévitable. L'inspecteur Renaud Lefèvre est réveillé par la sonnerie stridente de son téléphone. Il sait que ce genre d'appel, à cette heure, ne présage rien de bon.

Renaud : *Lefèvre. Dit-il d'une voix rauque.*

Dupont : *Inspecteur, il y a eu un meurtre dans le parc de la ville. Vous devez venir immédiatement.*

Sans perdre un instant, Renaud s'habille et se prépare pour ce qui l'attend.
Arrivé sur les lieux, il est accueilli par le scintillement des gyrophares et une agitation contenue. Les officiers présents lui font signe de s'approcher avec gravité.

Dupont : *Inspecteur, c'est ici.*

Sous la lumière crue des projecteurs, le corps d'une femme repose, inerte. La scène est d'une brutalité qui contraste avec la tranquillité habituelle de Clairemont.

Renaud : *Qu'est-ce qu'on a ? Demanda-t-il, observant la scène.*

Dupont : *Femme, probablement dans la trentaine. Pas d'identité sur elle. Il y a des blessures multiples, et on a trouvé ça à côté d'elle.*

L'officier lui tend un morceau de papier froissé. Renaud l'examine rapidement avant de le glisser soigneusement dans une pochette en plastique.

Renaud : *C'est un message cryptique… Peut-être un appel à l'aide ou une provocation du tueur.*

Renaud observe les alentours, cherchant des indices dans l'obscurité. Il note la position du corps, l'angle des blessures, chaque détail pourrait être la clé de l'énigme. C'est alors qu'il aperçoit une ombre qui semble se mouvoir à la lisière du parc. Trop rapide pour être discernée clairement, elle disparaît aussi vite qu'elle est apparue.

Renaud : *Élargissez le périmètre ! On pourrait avoir un suspect qui traîne encore dans le coin.*

Pendant que les agents sécurisent la zone, Il s'approche du corps pour un examen plus approfondi. Il remarque des fibres étranges accrochées à une branche basse, près du corps.

Renaud : *Ces fibres... pourraient appartenir au vêtement du tueur. C'est un indice crucial.*

L'officier s'approche rapidement, interrompant ses pensées.

Dupont : *Inspecteur, nous avons un témoin. Une femme dit avoir vu une silhouette s'enfuir juste après le crime.*

Renaud : *Emmenez-là moi.*

La femme, visiblement sous le choc, est amenée vers lui.

Renaud : *Madame, je sais que c'est difficile, mais chaque détail compte. Pouvez-vous me décrire ce que vous avez vu ?*

Témoin : *Je... je n'ai pas vu grand-chose. C'était sombre, mais je me souviens d'une silhouette... elle courait... et... il y avait quelque chose de brillant à son poignet.*

Renaud : *Quelque chose de brillant ? Comme une montre ou un bracelet ?*

Témoin : *Oui, un bracelet, je crois.*

Renaud : *Merci. Vous avez été très utile.*

L'inspecteur sait que le temps est compté. Les premières heures d'une enquête sont cruciales, et chaque minute perdue est un avantage offert au criminel.

Renaud : *Envoyez ce message au labo pour analyse immédiate. Nous devons savoir ce que ce tueur essaie de nous dire.*

Pendant que l'équipe se met en place, Renaud retourne à l'examen de la scène du crime. Il remarque des empreintes partielles visibles sur le sol humide, menant vers le parc, puis disparaissant.

Renaud : *Suivons ces empreintes. Se dit-il à lui-même.*

Il suit le chemin indiqué par les empreintes, mais elles s'arrêtent net.
L'agent Dubois, une jeune policière ambitieuse, s'approche avec des photos de caméras de surveillance.

Dubois : *Inspecteur, voici les images des caméras. On y voit une silhouette floue, traversant la rue à une heure où la ville dort encore.*

Renaud et Dubois examinent les images, tentant de discerner des caractéristiques qui pourraient les aider à identifier le suspect.

Renaud : *Chaque détail compte. Regardons de plus près ce bracelet.*

Renaud pense à la victime, à sa famille, à ses amis.

Renaud : *Qui pourrait vouloir lui faire du mal ? Et pourquoi ? Pensa-t-il à haute voix.*

Un sentiment d'urgence s'empare de Renaud. Il sait que chaque seconde perdue peut signifier une autre vie en danger. Le tueur doit être arrêté, et vite.

Renaud : *Dubois, rassemblez une équipe pour passer au peigne fin le parc et les environs. Je suis convaincu que le tueur n'est pas loin.*

Pendant que l'équipe se met en place, Renaud retourne interroger le témoin.

Renaud : *Madame, avez-vous remarqué autre chose ? Même un détail qui pourrait sembler insignifiant ?*

La femme est clairement effrayée, mais elle fait de son mieux pour aider.

Témoin : *Je suis désolée, je n'ai rien vu de plus.*

Renaud : *Merci, vous nous avez déjà beaucoup aidés.*
Il se dirige vers son bureau, déterminé à consulter les dossiers des criminels connus.

Renaud : *Peut-être que ce détail du bracelet est la clé pour déverrouiller l'identité du tueur. Plongé dans ses pensées.*

Avec le lever du soleil, une nouvelle journée commence, mais pour Renaud et les habitants de Clairemont, la lumière apporte peu de réconfort. L'ombre de la nuit dernière plane encore, lourde de menaces et de secrets. Le parc, autrefois un lieu de joie et de détente pour les familles, est maintenant une scène de crime glaciale. Il sent la lourde responsabilité de rendre justice à la victime. Dubois revient vers lui avec une nouvelle information.

Dubois : *Inspecteur, les photos montrent une silhouette avec un bracelet brillant. Cela pourrait confirmer le témoignage.*

Renaud : *Bien. Continuons à creuser. Il y a un motif ici, quelque chose qui lie le tueur à sa proie. Nous devons trouver ce lien.*

Renaud Lefèvre était plongé dans ses pensées, assis à son bureau, le regard fixé sur le morceau de papier devant lui. Depuis qu'il avait trouvé le corps de la jeune femme dans le parc, une image ne cessait de le hanter, le bracelet argenté mentionné par le témoin. Pourquoi ce détail revenait-il si souvent ? Pourquoi un simple bracelet pourrait-il avoir de l'importance dans ce crime ?
Il repassa les témoignages dans sa tête, cherchant à comprendre la signification de cet objet. C'était étrange qu'un bracelet puisse attirer autant d'attention, surtout dans une affaire aussi brutale. Mais l'intuition de Renaud lui disait qu'il y avait quelque chose de plus profond, quelque chose qu'il ne parvenait pas encore à saisir.
Alors qu'il tentait de trouver un lien, un souvenir enfoui remonta à la surface. Une affaire non résolue, vieille de dix ans. Une jeune femme, Sophie Moreau, artiste peintre, avait disparu sans laisser de traces. Le corps n'avait jamais été retrouvé, et l'auteur du crime courait toujours.

Sophie Moreau était une artiste talentueuse, connue pour ses toiles vibrantes et ses performances audacieuses. Elle vivait dans un petit appartement rempli de ses œuvres. Renaud se rappelait l'avoir visitée plusieurs fois pour des expositions et des événements artistiques. Elle avait un charisme et une passion qui inspiraient tous ceux qui la connaissaient.

Sa disparition avait été un choc pour la communauté artistique de Clairemont. Les amis et la famille de Sophie avaient lancé des recherches frénétiques et placardaient des avis de disparition. Mais malgré tous leurs efforts, aucune trace de Sophie n'avait été trouvée.

Renaud se souvenait des longues nuits passées à éplucher les indices, à interroger les témoins, et à suivre chaque piste, même les plus improbables. Mais l'affaire avait fini par devenir un mystère, un cas non résolu qui le hantait encore. La frustration de ne pas avoir pu rendre justice à Sophie pesait lourdement sur ses épaules.

Il se rappelait avoir visité l'appartement de Sophie après sa disparition. L'endroit était resté figé dans le temps, comme si elle pouvait revenir à tout moment. Parmi ses affaires, un détail lui était resté en mémoire, un bracelet en argent, posé délicatement sur sa table de chevet. Sa mère lui avait confié que Sophie ne le quittait jamais.

Ce souvenir fit soudainement écho avec l'affaire actuelle. Renaud se redressa brusquement. Et si le bracelet argenté retrouvé sur la scène du crime avait un lien avec Sophie Moreau ? Et si le tueur jouait un jeu macabre, reliant ses victimes à travers un objet symbolique ?

Renaud sentit une bouffée d'adrénaline. Il devait creuser cette piste. Il attrapa son téléphone et appela l'officier Dupont.

Renaud : *Allô, Dupont ? J'ai besoin de toi au bureau immédiatement. J'ai peut-être trouvé un lien entre notre affaire et une ancienne enquête non résolue.*

Dupont arriva rapidement, l'air intrigué. Renaud lui expliqua la connexion possible avec Sophie Moreau et le bracelet en argent. Il écouta attentivement, notant chaque détail.

Dupont : *Inspecteur, vous pensez que le tueur pourrait être le même ? Ou qu'il s'inspire de cette affaire pour ses crimes actuels ? Demanda-t-il.*

Renaud : *Je ne suis pas sûr, mais ce bracelet pourrait avoir un rapport. Nous devons vérifier tous les dossiers de Sophie Moreau, chaque indice que nous avons trouvé à l'époque. Peut-être avons-nous manqué quelque chose.*

Ils passèrent des heures à fouiller les archives, examinant les rapports d'enquête, les témoignages, et les preuves collectées. Chaque document était une pièce du puzzle qu'ils tentaient de reconstituer.

Renaud relut les lettres passionnées envoyées à Sophie par son admirateur secret. Les mots semblaient empreints d'une obsession malsaine, mais aucune preuve tangible n'avait jamais été trouvée contre lui.

Renaud : *Peut-être que cet admirateur est notre tueur Murmura-t-il. Il pourrait avoir attendu toutes ces années avant de frapper à nouveau.*

Dupont : *Ou alors, il y a un lien que nous ne voyons pas encore. Ajouta-t-il.*

Alors qu'ils continuaient à éplucher les dossiers, Renaud sentit une angoisse croissante. Il était crucial de comprendre le lien entre ces affaires pour empêcher d'autres meurtres.

Ils décidèrent de rendre visite à la mère de Sophie. Peut-être qu'elle pourrait fournir des informations supplémentaires sur le bracelet ou sur quelqu'un qui aurait pu en vouloir à sa fille.

Madame Moreau les accueillit avec une tristesse palpable dans les yeux. Elle leur montra les affaires de Sophie qu'elle avait précieusement conservées, y compris des souvenirs et des lettres.

Mme Moreau : *Ma fille était si talentueuse. Dit-elle avec une voix tremblante. Elle avait tellement de rêves... et ce bracelet, elle ne le quittait jamais. Je ne comprends pas pourquoi elle ne l'avait pas le jour de sa disparition...*

Renaud sentit un frisson parcourir son échine. Ce bracelet devait avoir une signification pour le tueur. Peut-être un symbole, un trophée, ou un moyen de se souvenir de ses victimes.
Ils retournèrent au bureau, convaincus qu'ils étaient sur la bonne piste. Renaud demanda à Clara Dubois, d'analyser les photos du bracelet et de les comparer avec celui de Sophie.
Clara travailla rapidement, et peu de temps après, elle confirma que les bracelets étaient identiques. Cela ne pouvait pas être une simple coïncidence.

Clara : *Inspecteur, je crois que nous avons quelque chose. Déclara-t-elle. Il pourrait y avoir un lien entre ces deux affaires.*

Renaud se sentit à la fois soulagé et angoissé. Ils avaient enfin une piste solide, mais cela signifiait aussi que le tueur avait peut-être plusieurs victimes à son actif.

Il décida d'élargir l'enquête. Ils devaient rechercher d'autres disparitions ou meurtres non résolus avec des similarités. Le tueur pouvait avoir laissé d'autres indices derrière lui.

Chapitre 2 : La première victime

L'inspecteur Lefèvre se tient devant les fichiers des personnes disparues, les yeux fatigués mais l'esprit vif. Les résultats des tests ADN viennent de lui parvenir, révélant l'identité de la victime, Clémence Roux, une dessinatrice disparue depuis deux semaines.

La nouvelle de la découverte macabre se répand dans la ville comme une traînée de poudre, et avec elle, un murmure de peur. Renaud sait qu'il doit agir vite pour apaiser l'angoisse grandissante des habitants.

Il décide de visiter le domicile de Clémence, espérant y trouver des indices supplémentaires. L'appartement était en ordre, rien ne semblait avoir été fouiller.

Sur la table, un carnet de croquis ouvert, les dessins à moitié terminés semblent raconter une histoire inachevée. Renaud parcourt les pages, son attention attirée par une série de portraits. L'un d'eux, en particulier, le fait s'arrêter net. Le visage esquissé sur le papier ressemble étrangement à l'ombre furtive qu'il a aperçu la nuit précédente.

L'inspecteur se penche sur le carnet, scrutant chaque trait, chaque ombre. Il y a quelque chose là, un indice que seul un œil averti pourrait percevoir. C'est alors qu'il remarque, dans le coin de la page, une annotation à peine visible : "RDV, Parc des Chênes, 23h".

Renaud resta immobile, le carnet de croquis à la main, la réalisation le frappant comme un coup de tonnerre.

Clémence Roux avait eu rendez-vous avec son meurtrier.

Ce n'était pas un hasard si son corps avait été retrouvé dans le Parc des Chênes, où les branches entrelacées formaient un voile d'obscurité même en plein jour.

Il referma doucement le carnet, ses pensées tourbillonnantes. Le rendez-vous était prévu pour 23 heures, une heure où le parc était désert, où les cris pouvaient être étouffés par l'étreinte de la nuit. Renaud sentit une colère froide monter en lui. Clémence avait été piégée, attirée dans un piège mortel avec la promesse d'une rencontre innocente.

Il devait reconstituer les dernières heures de Clémence, comprendre ce qui l'avait conduite à accepter ce rendez-vous fatal.

Il contacta son équipe, leur demandant de fouiller dans les relations de Clémence, afin de trouver tout individu assez proche pour qu'elle ait accepté de se rendre à ce rendez-vous.

Pendant ce temps, il décida de rendre visite aux parents de Clémence, espérant qu'ils pourraient lui fournir des informations sur les dernières personnes que leur fille avait rencontrées.

La maison des Roux était une bâtisse ancienne, ses murs de pierre témoignant d'un passé riche et complexe, à l'image de l'affaire qui occupait Renaud. Les parents de Clémence l'accueillirent avec une tristesse résignée, le poids de la perte de leur fille évident dans leurs yeux fatigués.

Renaud leur posa des questions délicates, cherchant à comprendre la vie de Clémence, ses amitiés, ses amours, ses luttes. Ils parlèrent d'une jeune femme passionnée, pleine de vie, qui avait récemment mentionné un nouvel ami, un certain Antoine Lemaire.

Il avait peut-être trouvé le lien manquant. Il remercia les parents de Clémence et se dirigea vers l'adresse qu'ils lui avaient donnée, déterminé à confronter cet Antoine et à découvrir la vérité.

Chapitre 3 : Le Message Cryptique

L'inspecteur Renaud Lefèvre se tient dans son bureau, le morceau de papier trouvé près de la victime devant lui. La pièce est silencieuse, à l'exception du tic-tac régulier de l'horloge murale.

Renaud : *Ce n'est pas un simple graffiti ; c'est un message délibéré, un puzzle conçu par l'esprit tordu d'un tueur. Murmura-t-il.*

Il commence par identifier les répétitions et les modèles. Certains symboles reviennent plus souvent que d'autres, suggérant une structure cachée.

Renaud : *Trois fois ce symbole... une séquence récurrente ici... intéressant. Nota-t-il.*

Il pense à des chiffrements classiques. Il a déjà eu affaire à des criminels utilisant des codes pour communiquer. Mais celui-ci semble différent, plus personnel.

Renaud : *Un chiffrement... mais lequel ? Ce tueur joue avec nous." Pensa-t-il.*

Renaud décide de faire appel à une experte en cryptographie, la Dr. Monique Garcia. Elle a aidé la police de Clairemont dans le passé avec des affaires complexes.

Renaud : *Monique, c'est Renaud. J'ai besoin de vous sur une affaire. C'est urgent.*

Monique : *J'arrive tout de suite. Répondit vivement.*

Monique arrive peu après, ses yeux brillants d'intérêt lorsqu'elle voit le message.

Monique : *C'est fascinant, Renaud. Ces symboles ne sont pas arbitraires. Ils ont été choisis avec soin." Dit-elle excitée.*

Elle sort son ordinateur portable et commence à travailler aux côtés de Renaud. Ensemble, ils analysent le message, testant différentes clés et algorithmes. Les heures passent, mais le code résiste.

Renaud : *Chaque minute qui passe est une minute de plus pour le tueur, une autre occasion de frapper. Prononça-t-il frustré.*

Monique : *Prenons du recul. Parfois, il faut s'éloigner pour mieux voir.*

Ils décident de rechercher des liens entre la victime et les symboles.

Renaud : *Elle était membre d'un club de lecture local. Parmi ses possessions, il y a ce livre de poésie avec des marges remplies de notes. Ajouta-t-il en feuilletant les affaires de la victime.*

Monique : *Le code pourrait être lié à l'un des poèmes. Comparons le message avec les notes de la victime. Suggéra-t-elle.*

Ils trouvent des correspondances. Les symboles semblent correspondre à des mots spécifiques dans le poème. C'est une forme de stéganographie, une manière de cacher un message à la vue de tous.

Renaud : *Utiliser la passion de la victime pour la poésie comme un moyen de communiquer... C'est à la fois cruel et calculé.*

Ils déchiffrent lentement le message, révélant une série de menaces voilées et d'allusions à des actes futurs. Le tueur semble jouer avec eux.

Monique : *Le message parle d'un 'spectacle' qui n'est pas encore terminé. Dit-elle en lui montrant un passage.*

Renaud : *Cela indique que le tueur prévoit de frapper à nouveau. Rétorqua-t-il.*

Pendant ce temps, le message cryptique est envoyé à d'autres départements pour une analyse plus approfondie. Renaud espère que d'autres experts pourront trouver des indices qu'il a manqués.
Alors que la nuit tombe, Ils continuèrent de travailler. Ils savent que chaque heure est précieuse et que le tueur est quelque part, observant.

Monique : *Créons un profil psychologique du tueur basé sur le message. La façon dont le message a été codé peut révéler sa personnalité. Proposa-t-elle.*

Ils élaborent un profil qui décrit le tueur comme quelqu'un de méticuleux, intelligent et ayant une connaissance approfondie de la littérature.

Monique : *Ce code nous dit beaucoup sur lui. C'est un individu méticuleux, qui prend plaisir à la littérature.*

Renaud : *Un amateur de littérature... Peut-être même quelqu'un qui fréquente la bibliothèque.*

Renaud se rend à la bibliothèque locale pour savoir si quelqu'un a emprunté des livres sur les codes ou la cryptographie récemment.
La bibliothèque de Clairemont était un bâtiment ancien mais charmant, rempli de recoins et de mystères, tout comme l'enquête qu'il menait.
Renaud Lefebvre se tenait devant le bureau de la bibliothécaire, tenant un brouillon de portrait-robot dans sa main. La bibliothécaire, Madame Martin, leva les yeux de son ordinateur lorsqu'il approcha.

Madame Martin : *Bonjour, Inspecteur Lefèvre. En quoi puis-je vous aider aujourd'hui ? Demanda-t-elle avec un sourire chaleureux.*

Renaud posa doucement le brouillon du portrait-robot sur le comptoir.

Renaud : Bonjour, Madame Martin. J'ai quelques questions à vous poser. Avez-vous déjà vu cet homme emprunter des livres ici ?

Madame Martin prit le portrait et l'examina attentivement.

Madame Martin : Hmm... Il me semble l'avoir vu, mais je ne suis pas certaine. Nous avons beaucoup de visiteurs chaque jour.

Renaud hocha la tête, anticipant cette réponse.

Renaud : Je comprends. Avez-vous des enregistrements vidéo des personnes qui entrent et sortent de la bibliothèque ? Des caméras de surveillance ?

Madame Martin sembla réfléchir un instant avant de répondre.

Madame Martin : Oui, nous avons des caméras de sécurité. Elles enregistrent en continu pour des raisons de sécurité. Nous conservons les enregistrements pendant un mois environ.

Renaud sentit une lueur d'espoir naître en lui.

Renaud : *Parfait. J'aurais besoin de consulter ces enregistrements. C'est crucial pour notre enquête. Est-ce que je peux les emprunter pour les examiner de plus près ?*

Madame Martin acquiesça.

Madame Martin : *Bien sûr, Inspecteur. Je vais vous emmener à la salle de sécurité où nous conservons les enregistrements.*

Elle le guida à travers un dédale de couloirs jusqu'à une petite pièce à l'arrière de la bibliothèque. Là, un écran montrait les différentes vues des caméras installées à l'entrée, près des rayonnages principaux, et à la sortie.

Madame Martin : *Voici les enregistrements. Dit-elle en lui montrant un ordinateur relié aux caméras de surveillance. Vous pouvez les consulter et les transférer sur un support si nécessaire.*

Renaud la remercia et se mit au travail. Il passa des heures à visionner les vidéos, avançant et reculant pour repérer le moindre indice. Il repéra finalement un homme correspondant au portrait-robot entrant dans la bibliothèque à plusieurs reprises.

Avec l'aide de Madame Martin, il transféra les enregistrements sur un disque dur pour une analyse plus approfondie. Il espérait que les vidéos fourniraient des détails supplémentaires pour affiner le portrait-robot.

Renaud : *Ces enregistrements vont nous aider. Merci, madame.*

Avec ces nouvelles informations, Renaud et Monique élargissent leur recherche. Ils examinent les enregistrements pour trouver des indices.

Monique : *Regardez, il a un intérêt particulier pour les tueurs en série. Cela pourrait nous aider à prédire son prochain mouvement.*

Renaud : *C'est un modèle. Il s'inspire des grands noms du passé.*

Renaud organise une réunion avec l'équipe d'enquête pour partager les découvertes. Ils discutent des stratégies pour anticiper les mouvements du tueur.

Renaud : *Nous avons un profil et un motif. Utilisons-les pour le devancer. Suggéra-t-il à l'équipe.*

Chapitre 4 : Le Masque d'Antoine

Le ciel de Clairemont était d'un gris perle, annonçant une journée chargée d'incertitudes. L'inspecteur Renaud Lefèvre se tenait devant la porte d'Antoine Lemaire, son esprit aussi lourd que les nuages au-dessus de lui. Il sonna, et après quelques instants qui lui parurent une éternité, la porte s'ouvrit.

Renaud : *Antoine Lemaire ? Je suis l'inspecteur Lefèvre. J'aimerais vous poser quelques questions. Veuillez me suivre au poste, s'il vous plaît. Dit-il d'une voix ferme mais polie.*

Antoine, un homme de taille moyenne aux traits réguliers, le regarda avec surprise.

Antoine : *Est-ce vraiment nécessaire ? Demanda-t-il, son front se plissant d'inquiétude.*

Renaud : *Je le crains, monsieur. C'est au sujet de Clémence Roux. Répondit-il, en évitant de révéler trop d'informations.*

La voiture roulait en silence vers le poste de police, Antoine jetant des regards furtifs par la fenêtre, comme s'il cherchait une échappatoire dans le paysage urbain qui défilait.

Une fois arrivés, ils s'installèrent dans la salle d'interrogatoire, un espace austère où chaque mot semblait peser double. Renaud commença par les formalités, puis plongea directement au cœur du sujet.

Renaud : *Parlez-moi de votre relation avec Clémence Roux. Exigea-t-il.*

Antoine prit une profonde inspiration.

Antoine : *Nous nous voyions depuis trois mois. C'était... compliqué. Je suis marié, et personne ne devait savoir pour nous.*

Renaud : *Vous aviez l'habitude de vous retrouver dans le Parc des Chênes, n'est-ce pas ?*

Renaud observait Antoine, guettant la moindre réaction.

Antoine : *Oui, c'était notre endroit. Personne ne nous dérangeait là-bas. Admit-il, son regard se perdant dans le vide.*

L'interrogatoire se prolongea, Renaud déroulant le fil des événements, question après question. Finalement, il aborda la nuit fatidique.

Renaud : *Où étiez-vous la nuit où Clémence a été tuée ? Demanda-t-il, scrutant Antoine.*

Antoine : *Je... j'étais en week-end avec ma femme et mes enfants. Nous étions hors de la ville. Répondit-il, fournissant des détails qui coïncidaient avec les témoignages recueillis par Renaud.*

Après vérification de son alibi, Renaud dut se rendre à l'évidence : Antoine n'était pas en ville le soir du meurtre. L'inspecteur se pencha alors sur le téléphone portable de Clémence, analysant les derniers messages échangés.

Renaud : *Regardez ! Dit-il à Dupont, Ces messages prétendent venir d'Antoine, mais quelque chose cloche. Le style, la manière de parler... Ce n'est pas lui.*

Les deux hommes se regardèrent, la même conclusion évidente dans leurs esprits. Quelqu'un avait usurpé l'identité d'Antoine pour attirer Clémence dans le parc.

Renaud : *Nous avons affaire à un manipulateur. Conclut-il. Quelqu'un qui connaissait leur relation et savait comment exploiter la situation.*

Les sourcils froncés, contemplant le téléphone de Clémence, il savait que derrière ce masque numérique se cachait la clé de l'énigme.

Les aveux d'Antoine résonnaient encore dans sa tête. Une relation cachée, des rendez-vous secrets, et maintenant, un alibi incontestable. Tout cela ne faisait que compliquer l'affaire.

Il repensa à la dernière conversation qu'Antoine avait eue avec Clémence, quelques jours seulement avant sa mort. Elle semblait préoccupée, presque nerveuse.

Renaud : *Elle savait quelque chose... peut-être même trop. Murmura-t-il à lui-même.*

La journée s'écoulait lentement, chaque heure apportant son lot de questions sans réponses. Renaud décida de reprendre l'enquête depuis le début, de revisiter chaque indice, chaque témoignage. Il ne pouvait se permettre d'ignorer la moindre piste.

Chapitre 5 : La deuxième victime.

L'inspecteur Lefèvre fixait la lueur vacillante de son ordinateur, perdu dans ses pensées. Le bracelet en argent hantait son esprit, mais la solution lui échappait encore. Tandis qu'il ruminait, le téléphone sur son bureau sonna, brisant le silence de son bureau. Renaud décrocha sans enthousiasme, s'attendant à une autre nuit blanche.

Dupont : *Inspecteur Lefèvre. Annonça une voix qu'il reconnaissait. Il y a eu un autre meurtre.*

Renaud : *Où ? Demanda-t-il, le cœur alourdi.*

Dupont : *Dans une ruelle derrière le théâtre municipal. La scène est similaire à la précédente. Répondit-il.*

Renaud se leva immédiatement, attrapant son manteau. En arrivant sur les lieux, il fut accueilli par le scintillement des gyrophares et le murmure de la foule qui s'était rassemblée à une distance respectueuse. Dupont l'attendait près de la bande jaune de la police, l'air grave.

Dupont : *Inspecteur, c'est encore pire que l'autre fois. Dit-il en le menant vers la scène.*

Sous la lumière crue des projecteurs, une femme gisait, disposée de manière théâtrale. Son corps portait des traces de violence, mais ce qui frappa le plus Renaud, c'était l'objet dans sa main : un pinceau taché de rouge.

Renaud : *Qui est-elle ? Demanda-t-il.*

Dupont : *Lucie Faure, une actrice. Répondit-il. Elle était connue pour ses performances audacieuses au théâtre. Renaud s'agenouilla près du corps, examinant le pinceau.*

Renaud : *Le tueur envoie un message clair. Il y a un lien avec le monde de l'art.*

Dupont : *Et regardez ça ! Encore un message cryptique. Ajouta-t-il, lui tendant un morceau de papier froissé.*

Renaud prit le papier et le déplia. C'était une citation modifiée de Shakespeare, tordue de manière sinistre.

Renaud : *Le tueur défie ouvertement la police. Murmura-t-il. Chaque meurtre est une critique de notre incapacité à l'arrêter.*

Il observa la foule des curieux, cherchant parmi eux un visage qui trahirait une satisfaction morbide. Mais rien n'attira particulièrement son attention.

Renaud : *Élargissez le périmètre. Ordonna-t-il. On pourrait avoir un suspect parmi les curieux. Et interrogez chaque témoin.*

Dupont hocha la tête et partit donner les instructions. Renaud se tourna vers l'équipe scientifique.

Renaud : *Je veux une analyse complète de cette scène. Chaque détail compte.*

Pendant que les enquêteurs effectuaient leur travail, Renaud observait la ruelle. Le deuxième meurtre, similaire au précédent, renforçait l'idée d'un tueur méthodique, soigneusement organisé. Il savait qu'ils devaient agir vite pour éviter une autre victime.
Clara Dubois, s'approcha.

Clara : *Inspecteur, nous avons trouvé des fibres sur une échelle de secours. Elles ne semblent pas appartenir à la victime.*

Renaud : *Envoyez-les au laboratoire pour analyse.*

Il se redressa, le sentiment d'urgence s'intensifiant.

Renaud : Dupont, y a-t-il des caméras de surveillance dans les environs ?

Dupont : Oui, inspecteur. Répondit-il. Les images sont en cours de récupération.

Renaud retourna au corps de Lucie Faure. Le pinceau dans sa main était un symbole, tout comme le bracelet en argent de Sophie Moreau.
Dupont consulta ses notes.

Renaud : Les premiers témoins disent qu'ils l'ont vu dans la main de la victime. Le tueur l'a certainement placé là. Un indice, une signature. Réfléchit-il à haute voix. Nous devons comprendre ce que ce symbole signifie pour le tueur.

Alors qu'il continuait d'examiner la scène, il remarqua une silhouette à l'écart, observant silencieusement.

Renaud : Qui est-ce ? demanda-t-il en pointant du doigt.

Dupont regarda dans la direction indiquée.

Dupont : *C'est le directeur du théâtre, Pierre Laroche. Il est arrivé peu après nous.*

Renaud se dirigea vers Monsieur Laroche.

Renaud : *Monsieur Laroche, je suis l'inspecteur Lefèvre. Pouvez-vous me dire ce que vous savez de Lucie Faure ?*

Pierre Laroche semblait bouleversé.

Monsieur Laroche : *Lucie était une actrice brillante, très prometteuse. Elle avait beaucoup d'amis, mais aussi quelques ennemis, malheureusement. Son art.... attirait parfois des critiques acerbes.*

Renaud : *Des ennemis ? Quel genre d'ennemis ? Demanda-t-il.*

Monsieur Laroche : *Des jaloux, principalement. Répondit-il. Mais il y a aussi eu quelques incidents... des lettres anonymes, des menaces. Elle les prenait à la légère, pensant que c'étaient juste des envieux.*

Renaud prit note.

Renaud : *Ces lettres, vous les avez encore ?*

Monsieur Laroche : *Je peux vérifier. Dit-il. Elles doivent être quelque part dans le bureau.*

Renaud : *Faites-le. Chaque détail est crucial. Dit-il avec insistance.*

Alors que la nuit avançait, l'analyse des images de surveillance commença à révéler des indices. Une silhouette se déplaçait avec assurance dans les ruelles, évitant soigneusement les caméras. L'inspecteur demanda que les images soient analysées pour identifier des caractéristiques particulières.

L'équipe scientifique, pendant ce temps, travaillait sur le message cryptique. Renaud savait que cela prendrait du temps, mais il espérait que cela leur donnerait un aperçu de l'esprit du tueur.

Il pensait à Lucie, à sa vie brisée. Il ressentait une responsabilité de trouver son assassin. Le tueur ne pouvait pas continuer à se jouer de la police ainsi.

En retournant à son bureau, Renaud commença à assembler les pièces du puzzle. Le lien avec l'art était évident, mais il restait encore beaucoup de zones d'ombre. Il décida de revoir les dossiers des deux victimes, espérant trouver un fil conducteur.

Les heures passaient, et avec elles, la pression augmentait. Le tueur était toujours en liberté, et chaque minute écoulée le rapprochait peut-être de sa prochaine cible. Renaud savait qu'il devait agir vite, mais aussi avec précaution. Le moindre faux pas pouvait coûter une autre vie.

Enfin, une piste se dessina. Les victimes avaient été impliquées dans une exposition sur le thème de la mort et de la transfiguration. Cette exposition, organisée il y a plusieurs années, avait été marquée par la disparition de Sophie Moreau.

Renaud sentit un frisson lui parcourir l'échine. Le lien était trop fort pour être une coïncidence. Il décida de se rendre à la galerie qui avait organisé l'exposition. Peut-être y trouverait-il les réponses qu'il cherchait.

Chapitre 6 : La Piste de l'Exposition

L'inspecteur Lefèvre se rendit à la galerie d'art en plein cœur de la ville, déterminé à trouver un indice qui le rapprocherait du tueur. En arrivant, il fut accueilli par le propriétaire, Monsieur Dupré, un homme d'un certain âge au visage anxieux.

Dupré : *Inspecteur, que puis-je faire pour vous ? Demanda-t-il, visiblement nerveux.*

Renaud : *Monsieur Dupré, j'ai quelques questions concernant une exposition qui s'est tenue ici il y a quelques années. Répondit-il. Une exposition sur le thème de la mort et de la transfiguration.*

Le visage de Dupré se rembrunit.

Dupré : *Ah oui, je me souviens de cette exposition. C'était un événement très controversé à l'époque.*

Renaud : *Pouvez-vous m'en dire plus ? Insista-t-il. Une de nos victimes, Sophie Moreau, y était impliquée. Sa disparition a peut-être un lien avec les récents meurtres.*

Dupré soupira profondément.

Dupré : *Suivez-moi, inspecteur. Je pense qu'il vaut mieux que je vous montre quelque chose.*

Il guida Renaud à travers la galerie jusqu'à une pièce à l'écart, remplie d'œuvres d'art sombres et tourmentées.

Dupré : *C'est ici que s'est tenue l'exposition. Comme vous pouvez le constater, les thèmes de la mort et de la transfiguration étaient omniprésents.*

Renaud examina attentivement les peintures et les sculptures, cherchant des indices.
Dupré s'assombrit davantage.

Dupré : *C'était la pièce maîtresse de l'exposition, une performance intitulée 'La Transfiguration'. Sophie Moreau devait en être l'actrice principale.*

Renaud : *Mais elle a disparu. Compléta-t-il.*

Dupré : *Oui. Confirma-t-il. Le soir de la première, elle ne s'est jamais présentée sur scène. Nous avons cherché partout, mais elle avait complètement disparu. L'exposition a dû être annulée, et l'enquête n'a jamais abouti.*

Renaud réfléchit un instant.

Renaud : *Et les autres artistes impliqués dans cette exposition ? Où sont-ils maintenant ?*

Dupré : *La plupart ont poursuivi leur carrière ailleurs. Répondit-il. Mais il y en a un qui est resté dans la région. Un peintre nommé Julien Mercier. Et bien sûr, il y avait aussi, Clémence et Lucie, qui viennent malheureusement d'être assassinées.*

Renaud : *Julien Mercier... Dit-il en notant ce nom. Où puis-je le trouver ?*

Dupré : *Il a un atelier non loin d'ici. Je peux vous y conduire si vous le souhaitez. Offrit-il.*

Renaud hocha la tête.

Renaud : *S'il vous plaît, allons-y.*

Quelques minutes plus tard, ils arrivèrent devant un vieux bâtiment délabré, à l'écart des rues principales. Renaud grimpa les marches jusqu'à la porte d'entrée et frappa fermement.
Après un instant, la porte s'ouvrit sur un homme d'une cinquantaine d'années, le visage creusé et les yeux rougis.

Mercier : *Qui êtes-vous ? Demanda-t-il d'un ton méfiant.*

Renaud : *Inspecteur Renaud Lefèvre. Se présenta-t-il. Puis-je vous poser quelques questions, Monsieur Mercier ?*

Le visage de Julien Mercier se referma.

Mercier : *Qu'est-ce que vous me voulez ?*

Renaud : *Votre nom est apparu dans le cadre d'une enquête sur des meurtres récents. Expliqua-t-il calmement. J'ai besoin de vous interroger sur l'exposition de la galerie Dupré il y a quelques années.*

Mercier eut un mouvement de recul, une lueur de peur dans le regard.

Mercier : *L'exposition ? Qu'est-ce que ça a à voir avec moi ?*

Renaud : *Vous étiez l'un des artistes impliqués. Rappela-t-il. Et les deux victimes, ainsi que Sophie Moreau, y participaient également.*

Mercier sembla soudain mal à l'aise.

Mercier : *Écoutez, inspecteur, je n'ai rien à voir avec ces meurtres. J'ai tourné la page depuis longtemps.*

Renaud : *Alors vous n'avez rien à craindre en répondant à mes questions. Dit-il avec insistance. Que pensez-vous qu'il soit arrivé à Sophie Moreau ce soir-là ?*

Mercier hésita un instant, puis s'effaça pour laisser entrer Renaud.

Mercier : *Entrez. Je vais vous dire ce que je sais.*

Une fois à l'intérieur, Renaud observa l'atelier, rempli de tableaux sombres et torturés. Mercier s'installa dans un fauteuil, l'air accablé.

Mercier : *Ce soir-là, Sophie était censée jouer le rôle principal de ma pièce maîtresse. Commença-t-il. Mais elle n'est jamais venue. Nous l'avons cherchée partout, sans succès.*

Renaud : *Avez-vous une idée de ce qui a pu lui arriver ? Questionna-t-il.*

Mercier secoua la tête.

Mercier : *Non, aucune. Tout ce que je sais, c'est que son absence a ruiné l'exposition. Nous avons dû tout annuler.*

Renaud réfléchit un instant.

Renaud : *Et depuis, avez-vous gardé contact avec les autres artistes de cette exposition ?*

Mercier : *Non, pas vraiment. Répondit-il. Chacun a suivi son chemin après cela. Certains ont même quitté la région.*

Renaud : *Je vois. Murmura-t-il. Merci, Monsieur Mercier. Votre témoignage m'a été très utile.*

Alors qu'il s'apprêtait à partir, Renaud s'arrêta un instant.

Renaud : *Une dernière chose. Avez-vous remarqué quelque chose de particulier ces derniers temps ? Quelqu'un vous aurait-il contacté au sujet de cette exposition ?*

Mercier parut hésiter, puis finit par répondre.

Mercier : *En fait, oui. Il y a quelques semaines, j'ai reçu un appel anonyme. Quelqu'un m'a posé des questions très précises sur cette exposition.*

Renaud : *Pouvez-vous me donner plus de détails ? Insista-t-il.*

Mercier : *Je n'en sais pas beaucoup plus. S'excusa-t-il. La personne n'a pas voulu se présenter. Elle voulait juste savoir ce qui s'était passé ce soir-là, et si j'avais gardé des souvenirs de l'exposition.*

Renaud hocha la tête, son esprit en ébullition.

Renaud : *Merci, Monsieur Mercier. Cela pourrait être un élément important pour mon enquête.*

Sur le chemin du retour, Renaud réfléchissait à ce qu'il venait d'apprendre. Le lien avec l'exposition semblait de plus en plus évident. Mais qui était derrière ces meurtres ? Et quel était le mobile de ce tueur ?

Chapitre 7 : La Toile d'Araignée

L'inspecteur Lefèvre se tenait devant un tableau d'affichage couvert de photos, de notes et de fils rouges reliant les différents éléments. Il était déterminé à démêler la toile complexe que le tueur avait tissée. Chaque fil, chaque indice, semblait conduire à une vérité enfouie sous une multitude de couches de mystères et de faux-semblants.

Chaque victime se trouvait au centre d'un réseau de relations, d'intérêts et d'activités. Renaud cherchait des liens communs qui pourraient expliquer pourquoi elles avaient été choisies. Il passa en revue les profils des victimes, notant leurs points communs et leurs différences, essayant de discerner un motif. Elles n'étaient pas simplement des artistes ; elles étaient des âmes créatives avec des histoires profondément personnelles et des parcours singuliers.

Il remarqua que les deux femmes, Clémence Roux et Lucie Faure, étaient impliquées dans des activités artistiques et qu'elles avaient assistées à la même exposition des années auparavant. Peut-être que le tueur ciblait des personnes créatives. Renaud réfléchit à la possibilité que le tueur soit jaloux de la capacité des victimes à créer, à donner vie à leurs idées, quelque chose qu'il ne pouvait pas faire lui-même.

Renaud : *Dupont, avez-vous remarqué ce point commun entre les victimes ? Clémence était dessinatrice et Lucie actrice. Il y a peut-être un lien là-dedans.*

Dupont : *Oui, j'ai remarqué. C'est une piste à creuser. Peut-être que le tueur voit en elles quelque chose qu'il déteste ou qu'il envie.*

Renaud examine également les lieux des crimes, cherchant des motifs géographiques. Les scènes étaient situées dans des zones culturellement significatives de la ville. Il se demandait si le tueur essayait de faire une déclaration sur la culture ou l'art, utilisant ses crimes comme une forme de critique sociale.

Renaud décide de consulter des experts en art et en littérature pour voir si les messages cryptiques et les mises en scène des crimes avaient une signification plus profonde. Il rencontre un professeur d'art, Marie Lafontaine, qui suggère que le tueur pourrait être influencé par le mouvement artistique du symbolisme, où les images sont utilisées pour représenter des idées abstraites.

Lafontaine : *Inspecteur, les scènes de crime que vous décrivez ressemblent beaucoup à des œuvres symbolistes.*

Chaque élément pourrait avoir une signification cachée, un message que le tueur essaie de transmettre.

Renaud : *Merci, professeur. Cela pourrait expliquer les messages littéraires et artistiques laissés sur les lieux.*

Cette théorie était renforcée par le fait que les messages laissés par le tueur étaient chargés de références littéraires et artistiques. Renaud étudie les œuvres des victimes, cherchant des thèmes ou des messages qui auraient pu attirer l'attention du tueur. Il découvre que Clémence Roux avait écrit un roman non publié sur un tueur en série. Cela pouvait-il être la connexion ? La deuxième victime, Lucie Faure, préparait une pièce de théâtre sur le thème de la mort et de la renaissance. Renaud se demandait si le tueur s'identifiait à ces concepts.

Il retourne au tableau d'affichage, ajoutant de nouvelles informations et ajustant les connexions entre les victimes et les indices. Renaud pense que le tueur pourrait être quelqu'un qui fréquente les mêmes cercles sociaux que les victimes, peut-être même quelqu'un qu'elles connaissaient. Il décide d'assister à des événements artistiques et littéraires, espérant apercevoir le tueur ou recueillir des informations utiles.

Lors d'une exposition, Renaud parle avec des artistes et des écrivains, leur posant des questions subtiles sur leurs connaissances en matière de cryptographie et leur intérêt pour le morbide. Il remarque un homme qui semble mal à l'aise lorsqu'il aborde le sujet des crimes. Renaud décide de le surveiller de plus près.

Renaud : *Bonsoir, je m'appelle Renaud Lefèvre. Je m'intéresse aux thèmes sombres dans l'art. Avez-vous entendu parler des récents meurtres ?*

Homme suspect : *Euh, oui, j'ai entendu des rumeurs. C'est vraiment terrible ce qui s'est passé. Dit-il visiblement nerveux.*

Pendant ce temps, l'équipe d'enquêteurs continue de passer au crible les preuves, cherchant des empreintes digitales, des fibres ou tout autre indice matériel. Renaud reçoit un appel de Clara Dubois qui a trouvé une correspondance entre les fibres trouvées sur la scène du crime et celles d'un atelier d'artiste. Il se rend à l'atelier, un espace rempli de toiles et de sculptures. Le propriétaire est introuvable, mais les œuvres semblaient raconter une histoire sombre.
Renaud examine les œuvres, notant les thèmes récurrents de la perte, de la solitude et de la colère. Il se demande si

l'artiste pourrait être le tueur. Il trouve des reçus pour des matériaux d'art qui correspondent à ceux utilisés dans les mises en scène des crimes. C'était une piste prometteuse. Renaud demande que l'atelier soit placé sous surveillance et que l'on recherche le propriétaire pour un interrogatoire.

Il retourne au tableau d'affichage, ajoutant l'atelier et l'artiste aux fils rouges de la toile d'araignée. Les pièces commencent à s'assembler. Dupont informe Renaud qu'il a repéré l'homme mal à l'aise de l'exposition près de l'atelier. Renaud sent qu'ils se rapprochent du tueur. Renaud organise une équipe pour suivre l'homme, espérant qu'il les mènerait au tueur ou révélerait une autre pièce du puzzle. L'homme, identifié comme étant Marc Morel, les conduit à un entrepôt abandonné. Renaud et son équipe se préparent à intervenir, mais ils doivent être prudents.

Renaud : *On y va prudemment, les gars. On ne sait pas à quoi s'attendre à l'intérieur.*

Ils entrent dans l'entrepôt et sont accueillis par une scène étrange : des mannequins sont disposés dans une imitation macabre d'une scène de crime. Renaud réalise que c'est une répétition, une pratique pour le tueur. Il sait qu'ils sont sur le point de découvrir quelque chose de crucial.

Au moment où l'équipe avance, Marc Morel, réalisant qu'il est suivi, se met à courir. Renaud et son équipe s'élancent à sa poursuite.

Renaud : *Attrapez-le ! Ne le laissez pas s'échapper !*

La course-poursuite à travers l'entrepôt est intense. Les couloirs étroits et les recoins sombres rendent la tâche difficile, mais l'équipe est déterminée. Finalement, après une course haletante, Marc est rattrapé et plaqué au sol.

Dupont : *C'est fini pour vous. Vous venez avec nous.*

Marc, essoufflé et résigné, est menotté et escorté hors de l'entrepôt. Ils le conduisent au poste de police pour un interrogatoire approfondi.

Renaud : *Nous allons enfin savoir ce que vous cachez.*

De retour au poste, Renaud commence l'interrogatoire. Marc, tremblant et hésitant, finit par avouer connaître l'artiste propriétaire de l'atelier, mais il insiste sur le fait qu'il n'est pas le tueur.

Marc : Je vous jure, je ne suis pas le tueur. Je connais le propriétaire de l'entrepôt, c'est tout. Il... il m'a parlé de ses œuvres sombres, mais je n'ai rien à voir avec ces meurtres.

Renaud : Pourquoi avez-vous fui alors ? Qu'avez-vous à cacher ?

Marc : J'ai... j'ai peur de lui. Il devient de plus en plus obsédé par la mort. J'ai cru qu'il me ferait du mal.

Renaud : Comment s'appelle le propriétaire ? Cria-t-il

Marc : Monsieur Durand... Joseph Durand.

Pendant ce temps, l'équipe continue de passer au crible les preuves trouvées dans l'entrepôt. Ils découvrent des journaux intimes appartenant à Durand.

Renaud : Ça suffit pour l'instant. Mettez-le en cellule. Nous avons encore beaucoup à faire. Ordonna-t-il à Dubois.

L'équipe trouve également des lettres adressées au propriétaire. Renaud se demande s'il est le tueur ou une autre victime. Ils analysent les lettres pour des empreintes digitales et des traces d'ADN, espérant identifier l'auteur.

Renaud retourne au tableau d'affichage, ajoutant les nouvelles informations. La toile d'araignée devient plus dense, mais aussi plus claire. Il sait que chaque fil est important, et il est prêt à suivre chacun d'eux jusqu'au cœur sombre de la toile. Les pièces du puzzle commencent à s'assembler, et Renaud sent qu'ils sont sur le point de découvrir la vérité.

Chapitre 8 : L'art macabre de Durand

L'inspecteur Lefèvre pénétra une fois de plus dans l'entrepôt désaffecté. L'officier Dupont et l'agent Dubois le suivaient de près, leurs lampes torches balayant les ombres.

Renaud : Regardez partout. Le tueur a utilisé cet espace comme sa toile, il doit y avoir des indices.

Les murs étaient nus, à l'exception des éclaboussures de peinture. Au centre, une table couverte de journaux intimes, tous appartenant à Joseph Durand.

Dupont : Monsieur, ces journaux... ils sont remplis de notes sur la mort et une fascination morbide pour les tueurs en série.

Renaud : Durand... il s'inspire des plus sombres. Cela pourrait être la clé pour comprendre son motif.

L'agent Dubois s'approcha, tenant un carnet ouvert à une page marquée.

Dubois : *Inspecteur, ici, il parle d'une 'performance ultime' prévue. Il se pourrait que Durand planifie un autre meurtre.*

Lefèvre fronça les sourcils, absorbé par la lecture. Il était clair que Durand se voyait comme un artiste, et ses victimes, des œuvres d'art.

Renaud : *Dupont, regardez ça. Il mentionne une muse, une source d'inspiration pour ses crimes.*

Dupont : *Vous pensez qu'il pourrait avoir un complice, monsieur ?*

Renaud : *C'est possible. Ou peut-être que cette muse est une autre victime potentielle. Nous devons creuser cela.*

Renaud : *Nous devons l'arrêter avant qu'il ne mette en scène son prochain tableau.*

Les heures suivantes furent une course contre la montre. L'équipe de Lefèvre rassembla les preuves, analysa les écrits de Durand, et traqua ses mouvements passés. Finalement, un motif émergea, menant à une adresse dans les faubourgs de la ville.

Renaud : *Dupont, Dubois, on y va. C'est peut-être notre dernière chance de l'attraper.*

La nuit était tombée lorsque les sirènes retentirent dans le quartier tranquille. Les officiers encerclèrent la maison indiquée, leurs armes prêtes.

Renaud : *Joseph Durand, c'est la police ! Sortez les mains en l'air !*

Un silence pesant répondit à leur sommation. Puis, la porte s'ouvrit lentement, révélant un homme d'âge moyen, les mains levées.

Durand : *Je savais que vous viendriez. J'ai tant à vous montrer...*

Renaud : *Épargnez-nous votre théâtre, Durand. Vous êtes en état d'arrestation pour les meurtres de Clémence Roux et Lucie Faure.*

Durand sourit, comme s'il attendait ce moment depuis toujours.

Durand : *Mais l'œuvre doit continuer, inspecteur. Elle ne restera pas inachevée.*

Dupont : *C'est terminé, Durand. Vous allez répondre de vos actes.*

Alors que Durand était emmené, Lefèvre sentit un mélange de soulagement et d'inquiétude. L'arrestation marquait la fin d'une traque épuisante, mais l'obsession de Durand pour la mort restait un mystère non résolu. Arrivés au poste de police, l'interrogatoire de Durand commença dans une salle austère, avec pour seul éclairage la lumière crue d'une lampe suspendue.

Renaud : *Monsieur Durand, j'ai quelques questions à vous poser concernant les meurtres de Clémence Roux et Lucie Faure.*

Joseph Durand, affichant un sourire narquois.

Durand : *Bien sûr, inspecteur. Je suis ici pour aider... ou peut-être pour clarifier les choses.*

Renaud : *Commençons par votre relation avec les victimes. Connaissiez-vous Clémence Roux et Lucie Faure ?*

Durand : *Oh oui, je les connaissais. Des artistes talentueuses, mais tellement aveugles à leur propre insignifiance.*

Renaud : *Pouvez-vous nous dire où vous étiez la nuit des meurtres ?*

Durand : *Chez moi, bien entendu. Seul, comme d'habitude. Mais je suppose que ce n'est pas ce que vous voulez vraiment savoir. Dit-il, le sourire en coin.*

Renaud, se penchant en avant, le regard perçant.

Renaud : *Monsieur Durand, nous avons trouvé des preuves dans votre entrepôt. Des esquisses qui correspondent aux scènes de crime, des lettres... Pouvez-vous nous expliquer cela ?*

Durand : *Les esquisses et les lettres... ce sont des indices, des fragments de mon œuvre. Répondit-il, jouant avec ses doigts.*

Renaud : *Votre œuvre ? Vous parlez des meurtres de ces femmes ?*

Durand, fixant Renaud avec intensité.

Durand : *Oui, inspecteur. C'était moi. C'est moi qui les ai tuées. Vous voyez, ces meurtres... c'était de l'art. Une forme d'expression que personne ne peut vraiment comprendre.*

Renaud : *De l'art ? Vous considérez le meurtre comme une forme d'expression artistique ? Dit-il fronçant les sourcils.*

Durand : *Absolument. Clémence et Lucie étaient mes toiles. Leur mort, mon pinceau. Chaque détail, chaque coup... c'était parfait. Vous ne pouvez pas nier que c'était beau, d'une certaine manière.*

Renaud : *Vous réalisez que ce que vous avez fait est impardonnable, non ? Vous avez pris des vies, détruit des familles. Comment pouvez-vous justifier cela comme de l'art ?*

Durand : *L'art, inspecteur, est souvent incompris. Les génies sont rarement appréciés de leur vivant. Les critiques viendront plus tard, mais pour l'instant, je savoure mon œuvre. Rétorqua-t-il riant doucement.*

Renaud : *Ces femmes étaient des êtres humains, Joseph. Pas des toiles pour vos fantasmes morbides. Vous allez devoir répondre de vos actes.*

Durand, secouant la tête, un sourire étrange sur les lèvres.

Durand : *Peut-être. Mais rappelez-vous, inspecteur, dans chaque artiste, il y a une part de folie. Certains la canalisent, d'autres la libèrent.*

Renaud : *Très bien, Monsieur Durand. Vos aveux seront consignés. Vous serez jugé pour vos crimes. L'art que vous prétendez créer ne justifie en rien les horreurs que vous avez commises.*

Durand, souriant, presque satisfait.

Durand : *Qu'importe, inspecteur. Vous ne faites que commencer à comprendre. Peut-être que mon véritable chef-d'œuvre est encore à venir.*

Renaud : *Parlons de votre muse. Qui est-elle ?*

Durand : *Ah, ma muse... elle est la beauté dans l'art de la mort. Elle m'inspire, me guide.*

Renaud : *Ne jouez pas avec moi, Durand. Est-elle complice de vos crimes ?*

Durand : *Complice ? Non, elle est bien plus que cela. Elle est l'essence même de mon œuvre.*

Renaud : *Où pouvons-nous la trouver ?*

Durand : *Elle est partout et nulle part. Dans chaque souffle de mes victimes, dans chaque goutte de peinture sur la toile.*

Lefèvre échangea un regard avec l'officier Dupont, conscient que Durand jouait encore avec eux, cachant la vérité derrière ses énigmes poétiques.

Renaud : *Assez de métaphores, Durand. Si vous ne coopérez pas, cela ne fera qu'aggraver votre cas.*

Durand : *Inspecteur, vous ne voyez donc pas ? La mort est un art, et je suis son plus dévoué artiste.*

L'interrogatoire se poursuivit, Lefèvre pressant Durand pour des réponses concrètes, tandis que Durand se complaisait dans ses descriptions cryptiques. L'inspecteur savait qu'il devait déchiffrer le puzzle de la muse pour empêcher d'autres meurtres.
L'inspecteur se tenait face à Joseph Durand dans la salle d'interrogatoire, un dossier épais posé sur la table entre

eux. Il contenait l'histoire non résolue de Sophie Moreau, un cas qui le hantait depuis des années.

Renaud : *Parlons de Sophie Moreau. Vous savez quelque chose sur sa disparition, n'est-ce pas ?*

Durand leva les yeux, un sourire énigmatique aux lèvres.

Durand : *Sophie Moreau... le nom me dit quelque chose, mais tant de visages ont croisé mon chemin.*

Renaud : *Ne jouez pas à ce jeu avec moi, Durand. Si vous n'êtes pas responsable, dites-le clairement.*

Durand pencha la tête, feignant la réflexion.

Durand : *Responsable ? Non, je ne crois pas avoir eu l'honneur. Mais qui sait ? Peut-être que nos chemins se sont croisés dans une autre vie.*

Lefèvre sentait une frustration grandissante. Durand jouait avec lui, mais quelque chose dans son attitude suggérait qu'il disait la vérité concernant Sophie.

Renaud : *Si vous n'avez rien à voir avec sa disparition, pourquoi ne pas le dire simplement ?*

Durand : *Parce que, mon cher inspecteur, la vérité est souvent plus complexe qu'un simple oui ou non. La vie est une toile tissée de nombreux fils.*

L'inspecteur marqua une pause, pesant ses mots. Il savait que Durand était manipulateur, mais il devait admettre que son instinct lui disait que Durand n'était pas impliqué dans le cas de Sophie.

Renaud : *Je trouverai ce qui est arrivé à Sophie, avec ou sans votre aide.*

Durand : *Je n'en doute pas, inspecteur. Après tout, la quête de vérité est aussi une forme d'art.*

Renaud : *Cette conversation est terminée. Gardes, emmenez-le.*

Durand fut escorté hors de la salle d'interrogatoire, toujours avec ce sourire narquois aux lèvres. Renaud le regarda partir, sachant que la route pour rendre justice à Clémence et Lucie était enfin en marche.
L'interrogatoire se termina sans avancée concrète sur le cas de Sophie Moreau, mais Lefèvre était déterminé à

poursuivre l'enquête. Il y avait encore des fils à tirer, et il ne s'arrêterait pas tant que la vérité ne serait pas révélée.

Chapitre 9 : Le Troisième Meurtre

Dix jours s'étaient écoulés depuis l'arrestation de Joseph Durand, et l'atmosphère dans le commissariat était marquée par une étrange tension mêlée de soulagement. Cependant, ce sentiment de répit fut brutalement interrompu par la nouvelle d'un troisième meurtre, d'une cruauté inouïe. Un homme d'une cinquantaine d'années, avait été retrouvé sans vie près de la bibliothèque municipale.

Renaud Lefèvre se tenait devant la scène de crime, son regard fixé sur le corps inerte. Les yeux du cadavre étaient ouverts, figés dans une expression de terreur, et le corps portait des marques de torture. Ce meurtre sordide était d'une violence rarement vue. Renaud sentit une vague de frustration et de confusion le submerger. Joseph Durand était derrière les barreaux, comment un autre meurtre avait-il pu se produire ?

Renaud : *Qui a découvert le corps ?*

Dubois : *Un passant, monsieur. Il était tôt ce matin, juste après l'ouverture de la bibliothèque.*

Renaud s'accroupit près du corps, examinant les blessures. Les marques sur le corps de la victime étaient similaires à celles observées sur Clémence Roux et Lucie Faure, mais l'ampleur de la violence semblait avoir atteint un nouveau sommet.

Renaud : *Des témoins ?*

Dubois : *Pas encore, inspecteur. On interroge les gens qui travaillent et vivent à proximité, mais pour l'instant, rien de concret.*

Renaud se releva et observa les environs. La bibliothèque municipale, habituellement un lieu de calme et de culture, était désormais encerclée de rubans de police et de véhicules d'urgence. Les regards inquiets des passants s'attardaient sur la scène, certains murmurant entre eux, spéculant sur ce qui s'était passé.
Renaud se tourna vers l'équipe scientifique, qui était déjà en train de prélever des échantillons et de photographier la scène. Il savait qu'ils auraient peu de temps avant que les preuves commencent à se détériorer.

Renaud : *Je veux un rapport complet sur les preuves matérielles et les analyses ADN dès que possible. Et faites une comparaison avec les scènes des deux premiers meurtres.*

Le légiste, Docteur Rousseau, se pencha sur le corps pour commencer son examen préliminaire.

Docteur Rousseau : *Les blessures sont profondes, infligées avec une arme tranchante. Il y a des signes de lutte, des contusions sur les bras et les mains.*

Renaud acquiesça. Les détails se formaient lentement dans son esprit, mais une question primordiale restait en suspens.

Renaud : *Il faut déterminer l'identité de la victime rapidement. Qui pourrait bien être cette troisième cible ?*

L'officier Dupont arriva en courant, une expression d'urgence sur le visage.

Dupont : *Inspecteur, on a trouvé des papiers d'identité dans la poche de la victime. Il s'agit d'Henri Lambert, un écrivain bien connu dans le milieu littéraire.*

Renaud : *Henri Lambert... Pourquoi lui ?*

Renaud le connaissait de nom. Ses œuvres étaient appréciées, et il avait une certaine notoriété dans le monde littéraire. Ce meurtre semblait personnel, mais pourquoi s'en prendre à un écrivain respecté ?

Renaud : *Contactez ses proches et ses collègues. Nous devons comprendre s'il y avait des menaces récentes ou des conflits.*

Les agents se dispersèrent pour suivre les ordres de Renaud, tandis qu'il continuait de réfléchir. Les similarités entre les meurtres de Clémence, Lucie et Henri étaient trop frappantes pour être ignorées. Joseph Durand avait-il un complice ?
Plus il y pensait, plus l'idée semblait probable. Durand avait montré des signes de narcissisme et de folie, mais aussi d'une intelligence sinistre. Peut-être n'avait-il pas travaillé seul. Peut-être que quelqu'un continuait son "œuvre" en son absence.

Renaud : *Nous devons envisager la possibilité d'un complice. Durand est sous les verrous, donc ce meurtre a été commis par quelqu'un d'autre.*

L'équipe de Renaud se retrouva au commissariat pour une réunion de crise. Les visages étaient graves, marqués par la fatigue et la frustration.

Renaud : *Écoutez, nous avons un nouveau meurtre sur les bras. Henri Lambert a été tué de la même manière que Clémence et Lucie. Nous devons trouver ce complice et l'arrêter avant qu'il ne frappe à nouveau.*

Dupont : *Inspecteur, pensez-vous que Durand avait un partenaire ?*

Renaud : *C'est une possibilité que nous ne pouvons pas écarter. Les détails des crimes sont trop précis pour être l'œuvre d'un imitateur sans lien direct avec Durand.*

Dubois : *Peut-être que quelqu'un dans le cercle artistique ou littéraire de Durand partage ses idées tordues.*

Renaud : *C'est ce que nous devons découvrir. Commencez par interroger les proches de Durand, ses amis, ses collègues. Et fouillez encore plus profondément dans ses correspondances et ses activités récentes.*

Les agents acquiescèrent et se mirent immédiatement au travail. Renaud savait que le temps était crucial. Chaque minute perdue pouvait signifier une nouvelle victime. Pendant ce temps, il se rendit à la bibliothèque pour parler à Madame Martin. Il espérait qu'elle aurait remarqué quelque chose d'inhabituel.

Renaud : Bonjour, Madame Martin. Pouvez-vous me dire si vous avez vu quelque chose de suspect ce matin, ou même ces derniers jours ?

Madame Martin : Euh, non, inspecteur. Tout semblait normal. Henri venait souvent ici pour ses recherches. C'était un habitué.

Renaud : Y a-t-il eu des visiteurs inhabituels ou quelqu'un qui semblait surveiller Henri de près ?

Madame Martin : Maintenant que vous le dites... il y avait une femme, un peu étrange. Elle semblait observer Henri à plusieurs reprises. Mais je ne sais pas qui c'était.

Renaud : Merci, c'est déjà une piste. Si vous vous souvenez de quelque chose d'autre, n'hésitez pas à nous contacter.

Renaud retourna au commissariat avec cette nouvelle information. Peut-être que cette femme étrange était le complice de Durand. Mais sans description détaillée, il était difficile de progresser.

Renaud : Nous avons peut-être un suspect potentiel. Une femme qui semblait observer Henri Lambert à la *bibliothèque. Trouvez des témoins qui pourraient nous donner une description plus précise.*

Le temps passait et les pistes se multipliaient. Chaque nouvelle information devait être vérifiée, croisée avec les autres données. La pression montait, et Renaud savait qu'il devait rester concentré.
Il retourna à son bureau, où les photos des scènes de crime et les profils des victimes étaient étalés devant lui. Les liens entre les victimes commençaient à se dessiner, mais il restait encore beaucoup à découvrir.

Renaud : *Il doit y avoir quelque chose que nous avons manqué. Un détail, une connexion... Qu'est-ce que nous ne voyons pas ? Se dit-il en lui-même.*

C'est alors que Docteur Rousseau entra dans le bureau avec les résultats préliminaires de l'autopsie.

Docteur Rousseau : *Inspecteur, les blessures sur Henri Lambert sont cohérentes avec celles des deux premières victimes. L'arme semble être la même.*

Renaud : *Merci, Docteur. Cela confirme notre théorie d'un complice. Continuez l'analyse et informez-moi dès que vous aurez plus de détails.*

Renaud savait que le temps jouait contre eux. Le tueur était toujours en liberté, et chaque instant augmentait le risque d'un nouveau meurtre.

Les jours suivants furent intenses. Les équipes d'enquête travaillaient sans relâche, passant au peigne fin chaque indice, chaque piste. Renaud passait ses journées à interroger des témoins, à analyser des preuves, à chercher des connexions.

Un soir, alors qu'il se préparait à partir, il reçut un appel de Dupont.

Dupont : *Inspecteur, nous avons une description plus précise de la femme suspecte vue à la bibliothèque. Un témoin a réussi à faire un croquis.*

Renaud : *Parfait. Envoyez-moi ce croquis immédiatement. Nous devons diffuser cette image et trouver cette femme.*

Le croquis montrait une femme dans la quarantaine, avec des cheveux longs et foncés et des yeux perçants. C'était un début. Renaud ordonna la diffusion du croquis à toutes les unités et à la presse.

Le lendemain, les médias relayaient le croquis, et les appels de témoins potentiels affluèrent. L'un d'eux mentionna avoir vu une femme correspondant à la description à la terrasse d'un café.

Renaud se rendit au café indiqué par le témoin. L'endroit était petit et intime, un lieu où les artistes et écrivains locaux venaient souvent se retrouver. Il espérait que le barman pourrait lui fournir plus d'informations.

Le barman, un homme d'une soixantaine d'années avec une barbe fournie et un air de bon vivant, s'approcha du comptoir dès qu'il vit Renaud entrer.

Renaud : *Bonjour, je suis l'inspecteur Renaud Lefèvre. Nous enquêtons sur une série de meurtres récents. Un témoin a mentionné qu'une femme correspondant à ce croquis a été vue ici récemment. Est-ce que cela vous dit quelque chose ?*

Renaud tendit le croquis de la femme au barman.

Barman : *Oui, je me souviens d'elle. Elle est venue il y a quelques jours, elle a commandé un café et est restée assise pendant un moment, mais c'était la première fois que je la voyais.*

Renaud : *Vous souvenez-vous de quelque chose d'inhabituel à son sujet ? Peut-être de sa façon de parler, ou de ce qu'elle faisait ici ?*

Barman : *Pas vraiment. Elle était assez discrète. Mais maintenant que vous le dites, je me souviens qu'elle portait un bracelet en argent. Ça m'a frappé parce que c'était un joli bijou, assez distinctif.*

Renaud sentit un frisson de surprise.

Renaud : *Ce bracelet, pouvez-vous le décrire plus en détail ? Demanda-t-il.*

Barman : *C'était un gros bracelet, avec des motifs gravés. Assez ancien, je dirais. Pourquoi ? Ça a de l'importance ? Répondit-il, intrigué.*

Renaud hocha la tête, son esprit tourbillonnant.

Renaud : *Merci. Cela pourrait nous aider. Avez-vous remarqué si elle parlait à quelqu'un ou si elle semblait attendre quelqu'un ?*

Barman : *Non, elle était seule tout le temps. Elle a bu son café et est partie peu après.*

Renaud : *Combien de temps est-elle restée ici, environ ? Demanda-t-il*

.

Barman : *Peut-être une demi-heure, pas plus. Elle semblait juste prendre une pause. Répondit-il.*

En quittant le café, Renaud se sentait légèrement frustré par le manque d'informations concrètes, mais il savait que chaque détail pouvait avoir son importance. Le bracelet en argent était un élément à ne pas négliger. Il se demandait si quelqu'un essayait de se faire passer pour Sophie Moreau.
De retour au commissariat, Renaud convoqua son équipe pour une mise à jour.

Renaud : *Écoutez, nous avons un nouveau détail. La femme vue au café portait un bracelet en argent distinctif. Ce bracelet ressemble à celui que portait Sophie Moreau. Diffusez cette information et voyez si cela nous mène quelque part.*
Continuez à fouiller les archives et les bases de données pour tout ce qui pourrait correspondre à notre description.

L'équipe acquiesça et se remit au travail. Renaud savait qu'ils devaient suivre toutes les pistes, aussi minimes soient-elles.
Les heures passèrent et les agents multipliaient les recherches. Un appel téléphonique interrompit leur concentration. C'était un antiquaire local.

Antiquaire : *Bonjour, j'ai vu le croquis diffusé et je pense avoir vendu un bracelet en argent similaire à celui que vous recherchez il y a quelques mois. Dit-il.*

Renaud sentit son cœur s'accélérer. C'était peut-être la percée qu'ils attendaient.

Renaud : *Merci de votre appel. Pouvez-vous me donner plus de détails sur cet achat ?*

Antiquaire : *Bien sûr. Une femme correspondant à la description est venue dans ma boutique, et a acheté ce bracelet. Elle a payé en espèces et n'a pas laissé de coordonnées. Expliqua-t-il.*

Renaud : *Pouvez-vous me décrire plus précisément cette femme ou tout autre détail notable ? Demanda-t-il.*

Antiquaire : *Elle avait des cheveux longs et foncés, et un regard perçant. Elle semblait pressée, comme si elle ne voulait pas traîner. Répondit-il.*

Renaud nota ces informations précieuses. Il y avait de bonnes chances de retrouver cette femme.

Renaud : *Merci beaucoup, cela nous aide énormément. Si vous avez d'autres détails ou si vous la voyez à nouveau, contactez-nous immédiatement.*

De retour au commissariat, Renaud partagea les nouvelles informations avec son équipe.

Renaud : *Nous avons peut-être une piste solide. Un antiquaire a vendu un bracelet en argent à une femme correspondant à notre description. Nous devons vérifier les caméras de surveillance aux alentours de la boutique et élargir notre recherche.*

L'équipe se remit au travail, pleine d'espoir. Renaud savait que chaque détail comptait, et il était déterminé à retrouver cette femme avant qu'elle ne frappe à nouveau.

Chapitre 10 : L'exposition de la vérité

Renaud Lefèvre n'arrivait pas à se débarrasser de l'idée que la femme vue au café et à la boutique d'antiquités était en réalité une complice de Joseph Durand. Il décida de partager ses soupçons avec son équipe.

Renaud : *Je suis persuadé que cette femme se fait passer pour Sophie Moreau. Annonça-t-il lors de la réunion. Nous devons trouver un moyen de l'attirer et de la démasquer.*

Les agents se regardèrent, intrigués par l'assurance de leur inspecteur. Ils savaient que lorsqu'il avait une intuition, il valait mieux le suivre.

Dubois : *Comment pensez-vous procéder, inspecteur ?*

Renaud avait déjà une idée en tête. Il se tourna vers l'officier Dupont.

Renaud : *Contacte Monsieur Dupré, le propriétaire de la galerie d'art. Il a souvent organisé des expositions en l'honneur d'artistes locaux. Nous allons organiser une exposition en l'honneur de Sophie Moreau.*

Dupont acquiesça et sortit immédiatement pour passer l'appel. Renaud espérait que cette ruse attirerait la mystérieuse femme.

Plus tard dans la journée, Renaud se rendit à la galerie d'art pour rencontrer Monsieur Dupré. Ce dernier, l'accueillit chaleureusement.

Dupré : *Inspecteur Lefèvre, quel plaisir de vous revoir. Que puis-je faire pour vous ? Demanda-t-il.*

Renaud : *Bonjour, Monsieur Dupré. Nous avons besoin de votre aide pour organiser une exposition en l'honneur de Sophie Moreau. Je suis persuadé que cela pourrait attirer une personne d'intérêt pour notre enquête. Expliqua-t-il.*

Monsieur Dupré hocha la tête pensivement.

Dupré : *Sophie Moreau... Cette histoire tragique a marqué beaucoup de gens. Je serais ravi de contribuer à votre enquête. Nous devons organiser cela rapidement, n'est-ce pas ?*

Renaud : *Oui, le plus tôt sera le mieux. Nous devons faire en sorte que cette exposition semble aussi authentique que possible.*

Ils discutèrent des détails pendant plus d'une heure, planifiant soigneusement l'événement. Dupré promit de contacter des artistes locaux qui avaient connu Sophie et de rassembler ses œuvres. Il veillerait également à ce que l'événement soit largement médiatisé.

Renaud quitta la galerie avec un sentiment de détermination renouvelée. Il savait que cette exposition pourrait être leur meilleure chance de découvrir l'identité de la mystérieuse femme.

Les jours suivants furent consacrés à la préparation de l'exposition. Les œuvres de Sophie Moreau furent rassemblées, et des artistes locaux contribuèrent avec des hommages à son travail. Renaud et son équipe passèrent en revue tous les détails pour s'assurer que rien ne serait laissé au hasard.

La veille de l'exposition, Renaud réunit son équipe pour une dernière mise au point.

Renaud : *Nous devons être prêts pour demain. La sécurité sera renforcée, et nous surveillerons chaque personne qui entre. Soyez attentifs à tout comportement suspect.*

Agents : *Compris, inspecteur. Répondirent-ils en chœur.*

Le jour de l'exposition arriva enfin. La galerie était magnifiquement décorée, chaque œuvre de Sophie

Moreau mise en valeur. Les invités commencèrent à arriver, et Renaud, déguisé en simple visiteur, observait attentivement la foule.

Monsieur Dupré, habillé avec élégance, saluait les invités à l'entrée. Il était ravi de l'affluence, même si l'enjeu de la soirée dépassait de loin la simple appréciation de l'art. Renaud repéra une femme qui ressemblait vaguement à la description fournie par le barman et l'antiquaire. Elle semblait nerveuse, jetant des coups d'œil autour d'elle. Il s'approcha d'elle subtilement.

Renaud : *Bonsoir, appréciez-vous l'exposition ? Demanda-t-il avec un sourire aimable.*

La femme sursauta légèrement avant de répondre.

Femme : *Oui, c'est magnifique. Sophie Moreau était vraiment talentueuse.*

Renaud : *Permettez-moi de me présenter. Monsieur Renaud Lefèvre.*

Femme : *Jeanne Lemoine.*

Renaud nota le ton de sa voix, cherchant des indices.

Renaud : *Vous connaissiez son travail avant ce soir ?*

Jeanne : *Un peu, oui. Elle était très connue dans le milieu artistique. Répondit-elle.*

Renaud : *Effectivement, acquiesça Renaud. Excusez-moi, je dois saluer d'autres invités.*

Il rejoignit l'agent Dubois, gardant un œil sur elle.

Renaud : *Je pense que notre invitée spéciale est ici. Je vais la surveiller de près. Lui murmura-t-il discrètement.*

Dubois hocha la tête, compréhensif.

Dubois : *Faites attention, inspecteur. Nous ne savons pas de quoi elle est capable.*

Renaud acquiesça et retourna discrètement à sa surveillance. La femme continua à déambuler dans la galerie, observant les œuvres avec une apparente fascination. Renaud remarqua qu'elle s'attardait particulièrement devant un portrait de Sophie Moreau. Il s'approcha à nouveau, cette fois accompagné de l'officier Dupont.

Renaud : *C'est une œuvre fascinante, n'est-ce pas ?*

La femme se retourna, visiblement surprise de le revoir.

Jeanne : *Oui, c'est vraiment émouvant.*

Renaud : *Puis-je vous demander comment vous connaissez le travail de Sophie Moreau ? Insista-t-il.*

Jeanne : *Je... je suis simplement une passionnée d'art. J'ai entendu parler d'elle il y a quelques années. Balbutia-t-elle.*

Renaud sentit une tension dans sa réponse.

Renaud : *Intéressant. Vous savez, Sophie Moreau a disparu il y a dix ans, et son cas n'a jamais été résolu.*

La femme déglutit, son visage pâlissant légèrement.

Jeanne : *C'est vraiment triste.*

Dupont intervint alors.

Dupont : *Madame, nous aimerions vous poser quelques questions, si cela ne vous dérange pas.*

La femme sembla hésiter, cherchant une échappatoire.

Jeanne : *Je... je ne pense pas que ce soit nécessaire.*

Renaud et Dupont échangèrent un regard.

Renaud : *Nous insistons. Cela ne prendra que quelques minutes. Dit-il fermement.*

La femme, comprenant qu'elle n'avait pas le choix, les suivit à contrecœur dans une salle privée de la galerie. Renaud ferma la porte derrière eux.

Renaud : *Pourquoi êtes-vous si nerveuse ? Demanda-t-il calmement.*

Jeanne : *Je ne suis pas nerveuse. Répliqua-t-elle, d'une voix tremblante.*

Renaud prit une photo de Sophie Moreau dans sa poche et la montra à la femme.

Renaud : *Cette femme, Sophie Moreau, portait toujours un bracelet en argent. Un bracelet similaire à celui que vous portez actuellement.*

Jeanne regarda son poignet, ses yeux s'élargissant de surprise.

Jeanne : *C'est... c'est une coïncidence. Bafouilla-t-elle.*

Renaud : *Je ne crois pas aux coïncidences. Répondit-il. Qui êtes-vous vraiment ?*

Jeanne se tut, son visage exprimant la peur. Dupont s'avança.

Dupont : *Nous pouvons le découvrir par nous-mêmes, mais il serait préférable que vous nous disiez la vérité.*

Jeanne soupira, comprenant que sa mascarade était terminée.

Jeanne : *D'accord. Je suis Jeanne Lemoine. J'ai été payée pour venir ici et porter ce bracelet.*

Renaud : *Payée ? fronçant les sourcils. Par qui ?*

Jeanne : *Je ne sais pas. Répondit-elle, sa voix tremblante. Tout se passait par téléphone. Une voix me donnait des instructions. L'argent et le bracelet étaient déposés dans ma boîte aux lettres.*

Dupont : *Vous n'avez jamais vu cette personne ? Demanda-t-il.*

Jeanne : *Jamais. Affirma-t-elle. Je recevais les appels depuis des numéros masqués. Ils me disaient simplement où aller et quoi faire.*

Renaud : *Et vous n'avez jamais été curieuse de savoir pourquoi ? Insista-t-il.*

Jeanne : *Au début, si. Admit-elle. Mais ils payaient bien, et je ne voulais pas poser de questions qui auraient pu tout arrêter. J'avais besoin de l'argent.*

Renaud : *Vous allez maintenant nous accompagner au commissariat pour donner une déclaration complète.*

Alors que Jeanne était escortée hors de la galerie par Dupont, Renaud rejoignit Monsieur Dupré.

Renaud : *Nous avons notre suspecte. Merci pour votre aide précieuse.*

Dupré sourit, soulagé.

Dupré : *Je suis heureux de pouvoir contribuer. Bonne chance, inspecteur.*

Renaud quitta Dupré et parcourut les salles de la galerie une dernière fois avant de partir. Il observait les tableaux de Sophie Moreau avec un sentiment de mélancolie, regrettant de n'avoir jamais pu résoudre l'affaire de sa disparition.
Soudain, il aperçut une silhouette au bout de la salle. Le temps sembla s'arrêter. Son cœur manqua un battement en reconnaissant ce visage.
Elle se tenait devant un tableau que Sophie avait dessiné il y a de nombreuses années. Renaud s'approcha d'elle, sentant l'adrénaline monter.

Renaud : *Excusez-moi, madame. Dit-il d'une voix tremblante.*

Elle se retourna lentement, un sourire narcissique aux lèvres. Ses yeux brillaient d'une lueur étrange.
Renaud resta figé un instant, essayant de maîtriser ses émotions.

Renaud : *Sophie, c'est vous ?*

Elle haussa légèrement les sourcils, son sourire s'élargissant.

Sophie : *Bien sûr, c'est moi, Renaud. Qui d'autre auriez-vous pu espérer voir ici ?*

Renaud sentit un frisson glacé le parcourir.

Renaud : *Mais... je vous croyais morte. Je vous ai cherché pendant tellement d'années. J'ai cherché votre meurtrier.*

Sophie se mit à rire, un rire glacial et sans joie.

Sophie : *Oh, Renaud, toujours aussi naïf. Vous avez vraiment cru à cette petite mise en scène ?*

Renaud était déconcerté.

Renaud : *Vous voulez dire que vous avez simulé votre propre disparition ? Pourquoi ?*

Elle le regarda avec une arrogance froide.

Sophie : *Parce que l'ombre est plus puissante que la lumière. Parce que disparaître était le moyen de devenir immortelle dans les esprits, de créer un mystère insoluble.*

Renaud : Et les meurtres ? Demanda-t-i, espérant encore que ce qu'il redoutait n'était pas vrai. "Avez-vous quelque chose à voir avec eux ?

Sophie le fixa intensément, son sourire se faisant encore plus cruel.

Sophie : Bien sûr. Chaque œuvre d'art nécessite un sacrifice. Et chaque meurtre était une œuvre à part entière, une signature de mon génie.

Renaud recula d'un pas, l'horreur se lisant sur son visage.

Renaud : Vous êtes... Vous êtes la meurtrière.

Sophie : Oui, Renaud. Tout ceci, c'était moi. Répondit-elle, savourant chaque mot.

La femme qu'il avait cherchée pendant tant d'années, qu'il avait crue morte, se tenait devant lui, révélant une vérité plus terrifiante qu'il n'aurait jamais pu imaginer.

Chapitre 11 : Le Dernier Acte

La salle d'interrogatoire était froide et nue, éclairée par un unique néon qui grésillait. Renaud Lefèvre attendait, son regard fixé sur la porte métallique.

Dix ans, pensa-t-il. Dix ans de chasse, et voilà où nous en sommes.

La porte s'ouvrit, et Sophie Moreau entra, menottée, mais d'une démarche assurée. Elle s'assit en face de Renaud, son regard ne trahissant aucune peur.

Renaud : *Sophie Moreau, vous savez pourquoi vous êtes ici ?*

Sophie : *Pour mes crimes, n'est-ce pas, inspecteur ? Demanda-t-elle calmement.*

Renaud : *Des crimes qui ont coûté des vies. Clémence Roux, Lucie Faure, Henri Lambert... Pourquoi eux ? Dit-il en serrant les dents.*

Sophie : *Choisir des victimes n'est pas si différent de choisir une toile à peindre, Renaud. Chaque personne avait une histoire à raconter, un rôle à jouer dans mon œuvre. Dit-elle en regardant ses mains menottées.*

Renaud : *Ils devaient participer à l'exposition le jour où vous avez disparu. Est-ce pour cela que vous les avez choisis ? Demanda-t-il avec colère.*

Sophie : *Le hasard est une illusion. Tout était destiné à s'entrelacer.*

Renaud : *Répondez-moi ! Étiez-vous la complice de Joseph Durand ? A-t-il orchestré tout cela ? Cria-t-il frustré.*

Sophie : *Non, inspecteur. Dit-elle le fixant. Je suis l'auteur de mes propres actes. Aucune complicité, seulement mes mains et mon esprit.*

Renaud : *Pourquoi ? Pourquoi leur vie ? Demanda-t-il, en s'asseyant, essayant de se calmer.*

Sophie : *Ils m'ont inspirée. Leur mort était une nécessité pour compléter mon chef-d'œuvre.*

Renaud : *Vous les avez choisies comme des sujets d'art ? Des sacrifices pour votre chef-d'œuvre ?*

Sophie : *Vous comprenez si peu, Renaud. L'art transcende la simple existence.*

Renaud : *Vous avez joué avec des vies humaines comme si elles n'avaient aucune valeur ! Rajouta-il exaspéré.*

Sophie : *La valeur est subjective. L'art, lui, est universel.*

Renaud : *Vous avez perdu tout sens de l'humanité. Dit-il, en secouant la tête.*

Sophie : *J'ai trouvé la vérité, au-delà des conventions morales. Dit-elle avec conviction.*

Renaud : *Vous avez pris des vies pour votre propre gloire.*

Sophie : *Mon œuvre sera éternelle. C'est cela qui compte.*

Renaud : *Vous avez brisé des familles, des vies innocentes.*

Sophie : *Le sacrifice est parfois nécessaire pour la création.*

Renaud : *Il n'y a aucune noblesse dans vos actes. Vous êtes une meurtrière.*

Sophie : *Un jour, vous comprendrez, inspecteur. Dit-elle, avec un dernier regard.*

Renaud : *Tout ce que je vois, c'est la tragédie que vous avez semée.*

La porte se ferma derrière Sophie, laissant Renaud seul avec ses pensées et le poids de la vérité.

Renaud : *L'art, murmura-t-il, ne devrait jamais être une excuse pour la cruauté.*

La lumière du néon s'éteignit, plongeant la salle dans l'obscurité, comme pour marquer la fin d'un chapitre sombre.

Chapitre : 12 L'Ombre de l'Artiste

Dans les méandres de l'enquête qui avait secoué la ville, un nom revenait sans cesse, murmuré avec réticence : Monsieur Durand.

Ancien critique d'art respecté, Durand avait été un mentor pour Sophie Moreau, la guidant dans les premiers pas tumultueux de sa carrière artistique.

Leur relation avait commencé par une admiration mutuelle pour l'art pur, une quête de beauté dans un monde souvent trop ordinaire.

Mais au fil des années, cette admiration s'était transformée en une obsession sombre, un pacte tacite scellé sous le signe de la création et de la destruction.

Durand avait vu en Sophie non seulement une protégée mais une muse, une vision incarnée de ce que l'art pouvait et devait être.

Il avait nourri ses ambitions, encouragé ses provocations, jusqu'à ce que la ligne entre l'art et la moralité commence à s'estomper.

Pour lui, Sophie était l'artiste ultime, celle qui pouvait transcender les limites et briser les conventions.

Et quand elle avait commencé à parler de ses "performances finales", Durand n'avait pas su, ou pas voulu, voir les signes avant-coureurs.

Lorsque les premiers meurtres avaient eu lieu, Durand avait été horrifié, mais aussi étrangement captivé par l'idée que la mort pouvait être une forme d'art.

Il avait gardé le silence, convaincu que Sophie créait son chef-d'œuvre, une œuvre qui les immortaliserait tous les deux.

C'était cette conviction qui l'avait poussé à devenir son complice, à l'aider à mettre en scène ses crimes comme on accroche des tableaux.

Dans son esprit tordu, chaque victime était une toile, chaque scène de crime une exposition.

Renaud Lefèvre, avec son instinct aiguisé par des années sur le terrain, avait suivi la piste des critiques d'art que Durand avait écrites.

Chaque article semblait porter l'empreinte de Sophie, un style qu'elle avait adopté sous l'influence de Durand.

Les recherches de Renaud l'avaient mené à des correspondances privées entre Sophie et Durand, des lettres où l'art et la mort se mêlaient.

Sophie y parlait de transcender l'art, de créer quelque chose de jamais vu, d'inoubliable.

C'était dans ces mots que Renaud avait vu la vérité se dessiner, une vérité sombre et dérangeante.

Il avait confronté Durand, qui, face à l'évidence, avait fini par avouer son rôle dans le sinistre dessein de Sophie.

Durand avait expliqué, avec une passion délirante, comment il avait aidé Sophie à choisir ses "toiles vivantes".

Il avait été celui qui, dans l'ombre, avait préparé les scènes, disposé les corps pour que Sophie puisse appliquer sa dernière touche.

"C'était de l'art," avait-il dit avec conviction, "l'art dans sa forme la plus pure, la plus vraie."

Renaud avait écouté, horrifié, réalisant que Durand ne voyait pas les victimes comme des êtres humains, mais comme des composants d'une œuvre.

Renaud avait dû se battre contre sa propre répulsion pour continuer à interroger Durand, pour comprendre l'étendue de leur collaboration morbide.

Durand avait parlé de l'art comme d'une religion, Sophie comme sa prêtresse, et lui-même comme son disciple dévoué.

"Nous avons créé des icônes," avait-il proclamé, "des martyrs de l'art."

Les aveux de Durand avaient permis à Renaud de reconstituer le puzzle, de comprendre comment chaque meurtre avait été méticuleusement planifié.

Durand avait fourni à Sophie les outils, les lieux, les opportunités pour que ses crimes soient commis.

Il avait même, dans certains cas, sélectionné les victimes, des âmes perdues dans le monde de l'art, faciles à manipuler, faciles à effacer.

Renaud avait enregistré chaque aveu, chaque détail, sachant que cela servirait à condamner Durand.

Lors du procès, Il avait été présenté comme le maître d'orchestre d'une symphonie macabre.

Les jurés avaient écouté, incrédules, les témoignages décrivant comment l'art pouvait se transformer en folie.

Même face à la perspective d'une longue peine de prison, il avait maintenu que tout avait été fait au nom de l'art.

Renaud avait vu dans ses yeux non pas du remords, mais la satisfaction d'avoir accompli ce qu'il croyait être sa mission.

Après le procès, Renaud avait souvent repensé à Durand, à ses motivations, à sa relation avec Sophie.

Il avait du mal à comprendre comment l'amour de l'art avait pu mener à de telles extrémités.

Mais il savait que, dans l'esprit tordu de Durand, la logique avait été remplacée par une dévotion aveugle.

Renaud avait appris qu'en prison, il continuait à écrire sur l'art, ses articles devenant de plus en plus abstraits, presque délirants.

Sophie Moreau, autrefois une artiste célébrée pour son audace, avait vu sa vie basculer dans l'ombre froide d'une cellule de prison. Condamnée à trente ans d'enfermement pour une série de crimes qu'elle considérait comme l'apogée de son art, elle n'avait trouvé ni paix ni résolution derrière les barreaux. Pour Sophie, chaque meurtre était une toile, chaque scène de crime une galerie où elle exposait sa vision déformée de la beauté.

Elle n'avait pas cherché la rédemption dans l'enseignement de l'art aux autres détenues, car pour elle, il n'y avait rien à racheter. Ses fresques murales, loin d'être des actes de contrition, étaient des défis lancés à ceux qui l'avaient jugée, des déclarations provocantes de son génie inaltéré. Elle peignait avec une ferveur inébranlable, convaincue que même dans l'adversité, son art transcenderait les murs qui la retenaient.

La famille de Sophie, brisée par la révélation de ses actes, avait dû apprendre à vivre avec le poids d'une absence doublement cruelle. Ils avaient perdu Sophie deux fois : d'abord quand ils ont cru qu'elle était morte, puis quand justice l'avait emprisonnée. Ils se raccrochaient aux souvenirs d'une époque plus innocente, avant que l'art ne devienne pour elle une quête destructrice.

La galerie où Sophie avait jadis brillé était désormais un lieu hanté par son spectre. Les portes closes semblaient garder les secrets d'une histoire qui avait captivé puis horrifié la ville. Les artistes et les amateurs d'art qui avaient admiré ses œuvres parlaient d'elle avec une tristesse teintée de regret, se demandant comment un talent si pur avait pu s'égarer si tragiquement.

Renaud, qui avait consacré une partie de sa carrière à démêler l'écheveau complexe de l'affaire Moreau, se tenait parfois devant la galerie scellée. Il ne ressentait pas de colère envers Sophie, mais une profonde mélancolie pour ce qu'elle avait été et ce qu'elle était devenue. Il avait cherché la justice pour les victimes et pour l'artiste égarée qu'était Sophie, et bien qu'il l'ait trouvée, la victoire était amère. La justice avait un goût de cendres lorsqu'elle était obtenue au prix de vies brisées et d'un talent gaspillé.

Dans le crépuscule de sa vie, Renaud contemplait le coucher du soleil sur la ville, conscient que les fins étaient souvent des commencements déguisés. Il avait appris à chérir les moments simples, à trouver de la beauté dans l'ordinaire, et à célébrer l'art qui enrichissait la vie plutôt que de la détruire.

Les années passant, Renaud avait fini par accepter qu'il ne comprendrait jamais pleinement ce qui les avaient poussés à agir ainsi.

Il avait appris à vivre avec les questions sans réponse, avec les ombres qui ne se dissiperaient jamais complètement.

L'histoire de Sophie et Durand était devenue une sorte de légende urbaine, un avertissement sur les dangers de l'obsession.

Alors que le monde continuait de tourner, leurs histoires demeuraient, des avertissements et des leçons pour ceux qui prenaient le temps de les entendre et de les comprendre.

Printed in Great Britain
by Amazon